小學生
古文遊 ②

周蜜蜜　編著

中華教育

目錄

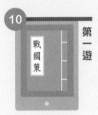

人物介紹

何巧敏
女，小學生

唐向文
男，何巧敏的同學

宋導師
男，《小學生古文遊》網絡
主持人、導師

古文遊準備出發！

這個星期天早上，何巧敏在去圖書館的路上遇到唐向文，唐向文說「我們的《小學生古文遊》經過了第一個歷程，我覺得獲益良多，現在不想浪費時間，打算和你做一個新的約定。」

何巧敏問：「甚麼新約定啊？」

唐向文說：「我想每一個星期天的上午，我們都出發去古文世界遊覽。你說好不好？」

何巧敏想了想，說：「你這樣做是要把我們每次出遊的時間固定下來，對嗎？」

唐向文點點頭，說：「正是此意。」

何巧敏「噗嗤」笑出聲，說：「你甚麼時候說話也文縐縐的了？是因為讀古文多了吧？也好，我同意。」

「太好了！」唐向文歡呼起來。

「等等，讓我先借幾本書吧。」何巧敏說。

於是，他們二人進圖書館借了書，再到附近的休憩公園裏去，選了樹蔭下的一張長椅坐下來。何巧敏拿出《小學生古文遊》的電子書，打開了，唐向文立即用心閱讀電子屏上顯出來的文字……

第一遊——戰國時代的魏國

大梁

○ 進入

✕ 取消

戰國策

原文

三人成虎 《戰國策》

　　龐葱與太子質[1]於邯鄲[2]。謂魏王曰：「今一人言市[3]有虎，王信之[4]乎？」王曰：「否。」「二人言市有虎，王信之乎？」王曰：「寡人[5]疑之矣。」「三人言市有虎，王信之乎？」王曰：「寡人信之矣。」龐葱曰：「夫[6]市之無虎明[7]矣，然而三人言而成虎。今邯鄲去[8]大梁[9]也遠於市，而議臣者過於三人矣，願王察[10]之也！」王曰：「寡人自為知[11]。」於是辭行[12]，而讒言[13]先至。

　　後太子罷質[14]，果不得見[15]。

戰國策

【注釋】

1. 質：（粵）zi3（置）；（普）zhì。人質，這裏用作動詞，指的是將人作為保證兩國交好的人質，這是戰國時代國與國之間的外交慣例。

2. 邯鄲：（粵）hon4（韓）daan1（丹）；（普）hán dān。趙國的都城，在今河北省邯鄲市西南。

3. 市：墟集，後世引申為城市。

4. 之：代詞，指市上有虎這件事。

5. 寡人：古代國君的自稱。

6. 夫：（粵）fu4（符）；（普）fú。語氣詞，用於句首，在文言文中表示下文要發表議論，現代漢語沒有與此相應的詞語。

7. 明：明擺着的，明明白白的。

8. 去：離開。

9. 大梁：魏國國都，在今河南省開封市。

10. 察：詳審，辨別是非。

11. 自為知：自己會了解，魏王在這裏表示他不會輕信人言。

12. 辭行：遠行前向別人告別。

13. 讒言：中傷別人的話。

14. 罷質：罷是停止，指充當人質的期限結束。

15. 見：作使動詞解，指龐葱得不到魏王召見。

「這一篇古文，我們應該怎樣用現代的語言來解讀呢？」唐向文問。

何巧敏說：「馬上請《小學生古文遊》的網絡主持人宋導師來指導吧。」說着，她按下一個電子鍵，宋導師出現在眼前。

「宋導師您好！」
何巧敏和唐向文一起說。

宋導師點頭道：「歡迎來到戰國時代的魏國大梁遊覽，請看！」

今讀

　　這是一個寓言故事。講的是戰國時期，魏國大臣龐蔥要陪同太子去趙國邯鄲做人質，他擔心自己走後朝廷上的小人會乘機造謠中傷他，所以臨走前向魏王進言。他問魏王，如果有人告訴他集市上有老虎，他信不信。魏王說只有一個人這樣說的話，他不會相信，但兩個人也這樣說他便會有點懷疑，若是有三個人這樣說，他就會相信了。於是龐蔥指出，自己將要遠離魏國，由邯鄲到魏國都城大梁的距離，遠過朝廷到集市的距離，背後誹謗他的小人也不止三個，希望魏王能夠明察。龐蔥離開魏國之後，雖然魏王當時說自己會辨別是非，但後來果然相信了小人的讒言。太子充當人質期滿回國之後，龐蔥再沒能獲得魏王的召見。

唐向文說：「啊，這下子我完全明白了。謝謝您，宋導師。」

何巧敏在旁又問：「我還想請教宋導師，《戰國策》是一部甚麼樣的著作？撰寫這部書的作者，又是甚麼樣的人呢？」

宋導師一揮手，再向他們展示——

小寶典

　　《戰國策》，是一部中國史學名著，又稱《國策》，分國別記載史事。作者已不可知，大抵不是一時一人之作，後來由西漢史學家劉向加以整理、編定。全書分為〈東周策〉〈西周策〉〈秦策〉〈齊策〉〈楚策〉〈趙策〉〈魏策〉〈韓策〉〈燕策〉〈宋策〉〈衞策〉〈中山策〉十二策，全書共三十三篇。

　　《戰國策》的內容，主要是記錄了當時策士、謀臣的外交活動和有關的謀略和言論，廣泛地反映了戰國時代錯綜複雜的歷史和社會風貌。它的文學性較強，長於記事，誇張渲染，人物生動；文章特別善用通俗的比喻和寓言故事，鋪陳事理，語言藝術極高。

　　本文選自《戰國策・魏策（二）》，《韓非子・內儲說（上）》也記載了類似的故事。

　　何巧敏和唐向文看完後一起說：「謝謝宋導師指教！」

　　宋導師揮揮手：「不用謝。你們還要繼續留意學習，以下，我給大家一些小小的提示。」

小提示

　　「三人成虎」的故事所表達的道理，用我們現在常說的一句話來表示，就是「謊話說了一千遍就變成真的」。

　　這篇文字主要通過對話來刻畫人物。魏王三次答話由開始不信，到將信將疑，到最後深信不疑，一步一步寫出他在謊言面前態度逐漸動搖的樣子，顯示出他偏聽偏信，缺乏主見，是個昏庸無能的君王。龐葱說話的方式，也很有戰國時期人物的特色。當時的貴族大臣，已經不似兩周時期的公卿那樣溫文爾雅，他們說話很多都是直言不諱。龐葱直接說出他的處境，明確地表示出了他的感情。

　　這故事本來是諷刺魏惠王的愚昧，但後來人們將這個故事引申為成語「三人成虎」，用來比喻謠言掩蓋真相的情況。在《戰國策》裏，還有一個類似的故事，轉化成為成語「曾參殺人」。春秋時候，有個與孔子學生、賢者曾子同名的人殺了人，有人向曾子的母親報告說「曾參殺人了！」曾子的母親說：「我兒子絕對不會殺人。」過了不久，又有一個

人跑到曾子的母親面前說：「曾參在外面殺了人。」曾子的母親仍然不信，坐在家裏照常織布。又過了一會兒，第三個報信的人跑來對曾母說：「曾參真的殺人啦！」曾母聽到這麼多人說兒子殺人，心裏慌亂，急忙扔掉手中的梭子，從梯子翻牆逃走了。雖然曾參是著名的學者和賢人，但有三個人聲稱他殺人，竟連親生母親也不相信他了。

因此，我們判斷一件事情的真偽，必須經過細心考察和獨立思考。

小分享

1. 如果聽到有人傳播流言，你會怎麼處理呢？

2. 如果你是魏王，有許多人來說龐蔥的壞話，你會怎麼做？

3. 你會聽信少數人還是多數人的話？為甚麼？

4. 你對於「謠言止於智者」這句話有甚麼看法？請舉例說明。

古文遊準備出發！

　　又是一個星期天的上午，何巧敏和唐向文依約見面。

　　「上次我們學習的《戰國策》文章實在精彩，我還想多讀幾篇呢！」唐向文說。

　　何巧敏笑了笑，舉起《小學生古文遊》的電子書，說：

　　「那你看看這一篇吧。」

　　唐向文瞪大雙眼，看着上面顯示出來的文字 ——

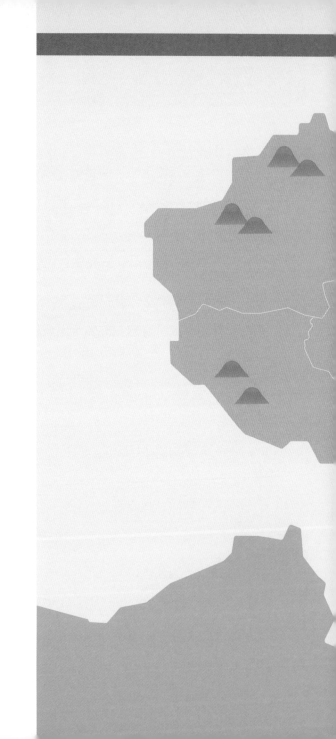

第二遊——戰國時代的趙國

戰國策

原文

鷸¹蚌²相爭 《戰國策》

　　蚌方³出曝⁴，而鷸啄其肉。蚌合而拑⁵其喙⁶。鷸曰：「今日不雨⁷，明日不雨，即有死⁸蚌。」蚌亦謂鷸曰：「今日不出⁹，明日不出，即有死鷸。」兩者不肯相舍¹⁰，漁者得而并擒之。

戰國策

【注釋】

1. 鷸：粵 wat6（核）；普 yù。水鳥名，頭圓大，嘴細長而直，以捕食昆蟲、水生動物為生。

2. 蚌：生活在淡水中的軟體動物，有堅硬的貝殼，肉味鮮美。

3. 方：正在。

4. 曝：粵 buk6（僕）；普 pù。曝是猛烈的陽光，此作動詞用，意為曬太陽。

5. 拑：粵 kim4（黔）；普 qián。通「鉗」，夾住東西。

6. 喙：粵 fui3（悔）；普 huì。鳥嘴。

7. 雨：粵 jyu6（預）；普 yù。這裏作動詞，下雨。

8.　死：此作形容詞用，指失去生命的。

9.　不出：指鷸的嘴拔不出來。

10.　舍：通「捨」，放開。

　　唐向文搔搔頭說：「哦，這又是一篇《戰國策》的文章，如果用現在的語言，應該怎麼樣解讀呢？」

　　何巧敏說：「馬上請《小學生古文遊》的網絡主持人宋導師來指導吧。」何巧敏說着，按下一個電子鍵，宋導師出現在眼前。

　　宋導師點頭道：「歡迎來到戰國時代的趙國遊覽，請看！」

今讀

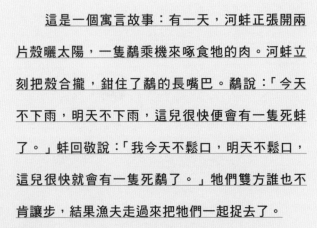

這是一個寓言故事：有一天，河蚌正張開兩片殼曬太陽，一隻鷸乘機來啄食牠的肉。河蚌立刻把殼合攏，鉗住了鷸的長嘴巴。鷸說：「今天不下雨，明天不下雨，這兒很快便會有一隻死蚌了。」蚌回敬說：「我今天不鬆口，明天不鬆口，這兒很快就會有一隻死鷸了。」牠們雙方誰也不肯讓步，結果漁夫走過來把牠們一起捉去了。

何巧敏說：「這個故事很有意思啊！我曾經聽人說過『鷸蚌相爭，漁翁得利』這句話，原來就是這個故事引申出來的。」

宋導師說:「是的。『鷸蚌相爭』也有人說『鷸蚌相持』,常與『漁人得利』或『漁翁獲利』連用,成為人們常用的成語。它正是源出於《戰國策》記錄的這個故事。」

　　唐向文說:「《戰國策》真是值得我們好好讀的好書呀!」

　　何巧敏說:「對。記得我們上次也學習過《戰國策》的文章,現在不如再補充一點有關的資料吧。」

小寶典

　　《戰國策》，全本共三十三卷。東周策一卷，西周策一卷，秦策五卷，齊策六卷，楚策四卷，趙策四卷，魏策四卷，韓策三卷，燕策三卷、宋衞策一卷，中山策一卷，共 497 篇。它所記載的歷史，上起公元前 455 年晉陽之戰的始末，下至公元前 221 年高漸離以筑擊秦始皇。

　　《戰國策》為我們提供了許多膾炙人口的歷史故事，從中又引申出眾多成語，比如書中蘇秦連橫說秦的故事，產生了成語「前倨後恭」；馮諼客孟嘗君的故事，是成語「狡兔三窟」「高枕無憂」的來源；其他的故事，還有鄒忌諷齊王納諫，唐雎不辱使命，荊軻刺秦王等。

　　1973 年，在長沙馬王堆三號漢墓出土了一批帛書，其中一部類似於今本《戰國策》，整理後定名為《戰國縱橫家書》。該書共二十七篇，其中十一篇內容和文字與今本《戰國策》和《史記》大致上相同。

宋導師說：「你們這次學習的文章，是選自《戰國策・燕策（二）》。以下，我再給大家一些小提示。」

小提示

在戰國時期，秦國的國力比較強大，因此有恃無恐，常常侵略別的國家，而其他各國，也不時互相攻擊。一次，趙國準備攻打燕國，燕國聽到風聲後，急忙派說客蘇代到趙國說情，勸趙國休兵。蘇代到了趙國後，就對趙王講了「鷸蚌相爭」的故事。

這則寓言比喻如果雙方相持不下，各不相讓，第三者就會從中得利。所以，趙王聽了這個故事，被蘇代說服，便停止了攻打燕國的行動。

這篇文章雖然用字簡潔，但故事寓意深刻。其中寫到鷸蚌的對話，生動傳神。現今的世界，我們與自己的同學、朋友以及兄弟姊妹們，都應該要團結一致，好好相處，不要為一點小事，就爭個不停，否則，必將被有野心的外人利用，從中佔了便宜。

小分享

1. 你有沒有和家人、朋友或同學發生過爭執呢？結果怎樣？是否會感到後悔？為甚麼？

2. 讀一讀「孔融讓梨」的故事，和「鷸蚌相爭」的寓言故事作對比，談談你的看法。

3. 以「鷸蚌相爭，漁人得利」這一句話寫一段自己的經驗和想法。

古文遊準備出發!

一個星期之後,何巧敏和唐向文又依約見面了。

「這一次我們的古文遊,要往哪裏出發呢?」

唐向文問。

何巧敏拿出電子書,打開了,說:

「你看看這一篇文章吧。」

唐向文全神貫注地看着上面顯示的文字,讀了起來──

第三遊——戰國時代的齊國

鄒忌諷齊王納諫（節錄）《戰國策》

　　鄒忌脩[1] 八尺[2] 有餘，而形貌昳麗[3]。朝服衣冠[4]，窺鏡[5]，謂其妻曰：「我孰與[6] 城北徐公美？」其妻曰：「君美甚，徐公何能及[7] 君也！」城北徐公，齊國之美麗者也。忌不自信[8]，而復問其妾[9] 曰：「吾孰與徐公美？」妾曰：「徐公何能及君也！」旦日[10]，客從外來，與坐談，問之客曰：「吾與徐公孰美？」客曰：「徐公不若君之美也。」明日[11]，徐公來，孰視[12] 之，自以為不如；窺鏡而自視，又弗如[13] 遠甚。暮寢而思之，曰：「吾妻之美我[14] 者，私我[15] 也；妾之美我者，畏我也；客之美我者，欲有求於我也。」

戰國策

【注釋】

1. 脩：（粵）sau1（羞）；（普）xiū。通「修」，長，這裏指身高。

2. 八尺：大概相當於一百八十釐米。戰國時一尺約二十三釐米。

3. 昳麗：神采煥發，容貌美麗。昳：（粵）jat6（日）；（普）yì。

4. 朝服衣冠：早晨穿好上朝的禮服。服：作動詞用，穿戴。

5. 窺鏡：照鏡子。窺：本義是偷看，引申為照、看。

6. 孰與：常用於反詰句，表示比較抉擇，「與……比，哪一個……」的意思。

7. 及：比得上。

8. 忌不自信：鄒忌自己不相信。

9. 妾：小老婆，即古代男子在正妻以外的妻子，地位比正妻低。

10. 旦日：第二天。

11. 明日：第二天。

12. 孰視：仔細看。孰：通「熟」，仔細，反覆。

13. 弗如：不如。

14. 美我：誇讚我美麗。美：作動詞用，讚美。

15. 私我：偏愛我。私：作動詞用，偏心。

唐向文說:「這一節古文,如果用今天的語言來解讀,應該是怎樣的呢?」

何巧敏說:「我們馬上請《小學生古文遊》的網絡主持人宋導師來指導吧。」她按下一個電子鍵,宋導師出現在眼前。

「宋導師您好!」
何巧敏和唐向文一起說。

宋導師點頭道:「歡迎來到戰國時代的齊國遊覽,請看!」

這是一個有趣的故事。齊相鄒忌身高八尺，容貌俊美。這一天早上起牀，他穿戴整齊，對鏡細看，問妻子他跟聞名齊國的徐公相比，誰比較漂亮。妻子說：「您美極了，徐公哪能比得上您呀！」由於徐公是出名的美男子，聽妻子這麼說，鄒忌自己不太相信，再問他的小妾。小妾說：「徐公哪能比得上您呀！」第二天，有客人來，鄒忌談話時又問客人。客人說：「徐公不如您漂亮。」又過了一天，徐公本人來了。鄒忌仔細端詳，覺得自己不如人家漂亮；待徐公走後，再照照鏡子，更加覺得相差太遠。晚上，他躺在牀上反覆思量，終於想通了。原來，妻子認為他比徐公漂亮，是因為偏愛他；小妾說他更美，是因為畏懼他；客人說他更美，是因為有求於他。

唐向文說：「我明白了，這是一個十分明智的故事哩。」

何巧敏說：「嗯，和上次我們學習過的文章一樣，這也是在《戰國策》裏面記載的故事。關於這本書，我們還有甚麼可以瞭解的知識呢？」

小寶典

《戰國策》一書反映了戰國時代的社會風貌和當時士人的精神風采。雖然習慣上把《戰國策》歸為歷史著作，但是它與《左傳》《國語》等有很大不同。有許多記載，作為史實來看是不可信的，不如說是根據歷史事件撰寫的散文故事。在中國文學史

上，《戰國策》標誌着中國古代散文發展的一個新時期，文學性非常突出，尤其在人物形象的刻畫，語言文字的運用，寓言故事等方面具有非常鮮明的藝術特色。清初學者陸隴其稱《戰國策》「其文章之奇足以娛人耳目，而其機變之巧足以壞人之心術」。

　　《戰國策》反映出戰國時期思想活躍，文化多元的歷史特點。它的政治觀體現了重視人才的政治思想。《戰國策》一書對司馬遷的《史記》的紀傳體的形成，也具有很大影響。

　　宋導師說：「不錯。你們這次學習的文章，是選自《戰國策・齊策（一）》，以下，我給大家一些小小的提示。」

鄒忌最初因為擅於鼓琴，得到齊威王的任用，後來更成為齊相。本文記述鄒忌以自己的切身體驗，勸告齊威王廣泛聽取全國臣民的意見，改進政治。

文章首先刻畫了鄒忌的外貌：身材高大，儀表堂堂。當然，鄒忌也很清楚自己擁有一副好相貌，文中他穿戴完畢，攬鏡自照，頗有點現代人用手機自拍，欣賞自己美好形象的意思。正是有了這點自信，才使他敢於和齊國有名的美男子徐公比「美」，也與下文見徐公後自歎不如，繼而感到自己被言辭所蒙蔽的心理形成了鮮明的對比。鄒忌的容貌不如徐公美，但他的妻、妾和客卻異口同聲地認為他比徐公漂亮，顯然是由於各自特殊的原因，使他們沒有勇氣說出真實的情況。這裏，三個人的回答，由於身份和心理不同，雖然都是讚美，但語氣上卻有明顯的不同。鄒忌妻子說「君美甚」，愛慕關切之情溢於言表；而妾的對答沒有這三個字，因為她的地位比較低，不敢觸怒丈夫兼主人，於是只能恭敬

規矩地讚美。至於客人的回答，則明顯地流露出奉承的意味。我們可以看到，通過三問三答，文中栩栩如生地刻畫出「私我者」「畏我者」「有求於我者」三種人物的不同情態。

　　鄒忌其實就是以這個事例現身說法，說明君主易於受蒙蔽的情況。君主身邊的人，或會偏私，或因懼怕，或有所求，很多時候都不會說真話，所以，一定要小心辨別，才能明察真相。我們現在學習這篇文章，就要明白這樣的道理：一個人在受蒙蔽的情況下，是不可能正確認識自己和客觀事物的，所以應該時刻保持清醒的頭腦，防止被一些表面現象所迷惑；不要偏聽偏信，要廣泛聽取他人的批評意見，對於奉承話要保持警惕，及時發現和改正自己的缺點錯誤，不犯或少犯錯誤。

小分享

1. 你喜歡聽別人稱讚你的話還是批評你的話？為甚麼？

2. 你認為批評別人或給別人提建議時，應該抱着甚麼態度？

3. 試想一下，如果你見到鄒忌，他問你對他的外貌美不美，你會怎樣回答？

這就是所謂的「美貌與智慧並重」吧！

鄒忌從比美中能想到這麼多道理，可以說是個很有思想的人了

古文遊準備出發！

　　星期天上午，何巧敏和唐向文在老地方依約見面，要出發去新的旅程。

　　「我們這次旅行的目的地，是去哪裏呢？快拿出你的《小學生古文遊》電子書來看看吧。」唐向文催促道。

　　何巧敏笑着拿出電子書，打開了，說：

　　「你別急，好好讀吧。」

　　於是，唐向文看着電子屏幕顯示出來的文字，讀了起來──

第四遊——春秋末期的魯國泰山

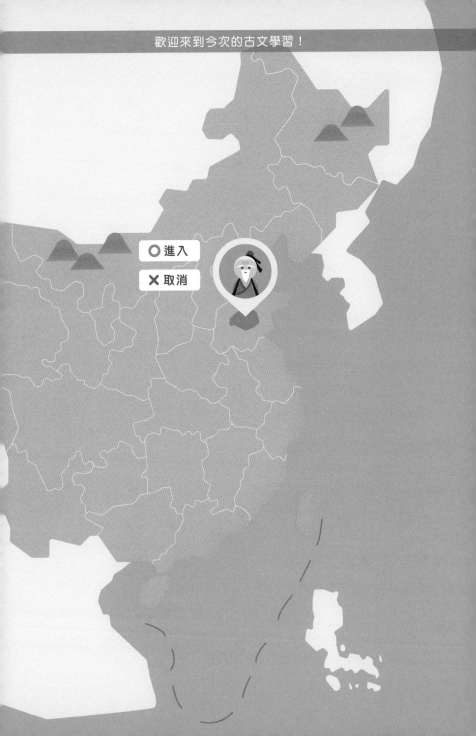

○ 進入

✕ 取消

原文

苛政猛於虎　《禮記》

孔子過泰山[1]側。有婦人哭於墓者而哀。夫子[2]式[3]而聽之。使子路[4]問之，曰：「子之哭也[5]，壹似重有憂者[6]。」而[7]曰：「然[8]，昔者[9]吾舅[10]死於虎，吾夫又死焉[11]，今吾子又死焉。」夫子曰：「何為[12]不去[13]也？」曰：「無苛政[14]。」夫子曰：「小子[15]識[16]之，苛政猛於虎[17]也。」

【注釋】

1. 泰山：魯國名山，在今山東省中部。

2. 夫子：古代對老師的尊稱，這裏指孔子。

3. 式：通「軾」，古代車前的橫木。這裏作動詞用。古時男子乘車，是站在車上的。在車上表示敬意時，就俯身用手扶軾。這裏顯示孔子對哭墓婦人的同情和關注。

4. 子路：孔子的弟子。

5. 子之哭也：你哭成這個樣子。子：「你」的敬稱，這裏指哭墓的婦人。

6. 壹似重有憂者：實在像有深沉的悲痛似的。重：⑧ zung6（誦）；⑬ zhòng。這裏是沉重的意思。「重」也作重複，表示連接、積累。壹：實在、真的。

7. 而：乃、就、於是。

8. 然：是的。

9. 昔者：從前。

10. 舅：指丈夫的父親，即家翁。

11. 焉：於此，「此」指老虎，意謂被老虎咬死。

12. 何為：為甚麼。為：⑧ wai4（圍）；⑬ wéi。這裏作助詞，常跟「何」相應，表示疑問。

13. 去：離開。

14. 苛政：苛刻殘酷的政令。

15. 小子：古代長輩對後輩的稱呼。這裏指子路。

16. 識：⑧ zi3（志）；⑬ zhì。同「誌」，記住。

17. 猛於虎：比老虎更厲害。

唐向文說：「這是一個和孔子有關的故事吧，如果用今天的語言來解讀，應該是怎樣的呢？」

何巧敏說：「現在就請《小學生古文遊》的網絡主持人宋導師來指導吧。」說着她就按下電子鍵，宋導師出現在眼前。

「宋導師您好！」
何巧敏和唐向文一起說。

宋導師點頭道：「歡迎來到春秋末期的魯國泰山遊覽，請看！」

今讀

　　有一天，孔子經過泰山旁邊，看見一個婦人在墓前哀聲痛哭，他俯身扶着乘坐的車前橫木傾聽着，又讓弟子子路去問那個婦人，為甚麼哭得如此淒慘，是不是遇到非常傷心的事情。那婦人回話說，她的公公、丈夫和兒子都被老虎咬死了。孔子感到奇怪，問她既然當地虎患嚴重，為甚麼仍然不離開這裏？婦人告訴他，因為這裏沒有苛刻的政令。孔子聽後十分感慨，叫弟子緊記：「苛烈殘酷的政策比老虎還兇殘啊！」

唐向文說：「謝謝宋導師，我完全明白了，這個故事反映當時的社會、政治問題，很深刻啊！」

何巧敏說：「宋導師，我還想知道《禮記》是一部甚麼樣的著作？寫這一部書的作者是甚麼人呢」

小寶典

　　《禮記》一書，輯錄了戰國至秦漢間，儒家學者對禮制的解釋、說明和補充的資料，共四十九篇。《禮記》不是一人一時之作，各篇作者大多都已經無從得知。現在留存的《禮記》，是由漢代的戴聖輯錄的。《禮記》不僅記載了許多禮節的細則，而且詳盡地論述了各種典禮的意義和制禮的精神，透徹地闡釋了儒家的禮治思想，對於研究中國古代社會的情況和文物制度，亦很有參考價值。

你們剛剛學習的文章，是選自《禮記·檀弓（下）》。

何巧敏和唐向文看畢一起說：
「原來是這樣，謝謝宋導師指教！」

宋導師揮揮手說：「不用謝。你們還要繼續留意學習，以下，我給大家一些小小的提示。」

文章從泰山山腳下婦人在墓前悲哀慟哭開始寫起。孔子是一個心地仁慈，非常關注民間疾苦的人。他在荒山野嶺聽到有人在哭，馬上就打起精神，傾聽聲音的方向。接着，婦人開始向子路訴說一家三代慘死虎口的悲劇。這雖已表明了她痛哭的原因，但還未揭露問題的根本。既然當地多次發生猛虎吃人的慘劇，為甚麼婦人還不早早離去避開虎患呢？孔子不禁產生了這樣的疑問。婦人的答話，只是簡短的「無苛政」三字。寫到這裏，孔子猛然領悟「苛政猛於虎」的道理，點出了文章的主題。這個故事生動、深刻地揭露了社會不公、政治苛嚴所造成的殘酷效果。

文章中以虎患類比苛政，巧妙地取物喻理，以老虎殺人的具體事實，說明了苛政殘害人民的重要道理。放眼歷史，暴虐無道的統治者終究經不起民心的考驗，是無法長久維繫政權的。而當今民主時代的國家領導者，更應以民意為依歸。

唐代的柳宗元，也寫過一篇主旨相似的散文

《捕蛇者說》。永州地方的捕蛇人蔣氏，祖父父親都死於毒蛇之口，自己也屢遭危險。但由於一年二次捕捉當地特產的毒蛇上貢，能夠抵消繁重殘忍的賦稅，蔣氏還是選擇鋌而走險。雖然他每年都要冒死捉毒蛇，但交完蛇就能過平靜的日子。而他不捕蛇的普通鄰居們，已經有很多人因為苛捐雜稅，以及官員的橫征暴斂家破人亡了。柳宗元藉這個故事，抨擊了當時「賦斂之毒有甚於蛇毒」的社会現实。

小分享

1. 你有做過班長嗎？你認為一個管理班級，讓同學信服的好班長應該是怎樣的？

2. 你認為怎樣才算是一個好政府？你最希望政府能為市民提供哪些服務？

3. 如果你將來成為公務員，作為社會公僕，你能從這個故事中得到甚麼教訓與啟示呢？

古文遊準備出發！

　　這個星期天上午，唐向文在公園裏見到何巧敏就說：

　　「上次我們讀到的《禮記》文章很有意思，我還想再讀一些。」

　　何巧敏說：

　　「我也正有此意。」

　　說着，她拿出《小學生古文遊》的電子書，打開了。

　　唐向文看着電子屏幕顯示出來的文字，讀了起來——

第五遊——春秋時期至秦漢的儒家學堂

原文

大學之道 [1] 《大學》

大學之道，在明明德 [2]，在新民 [3]，在止 [4] 於至善 [5]。知止 [6] 而後有定 [7]，定而後能靜 [8]，靜而後能安 [9]，安而後能慮 [10]，慮而後能得 [11]。物有本末，事有終始，知所先後，則近道矣。

大學

【注釋】

1. 大學之道：立身處世最根本的學問道理。

2. 明明德：彰顯人類與生俱來的光明美善的德性。上一個「明」字是動詞，彰顯的意思；下一個「明」字是形容詞，光明的意思。

3. 新民：使人們革掉身上的舊習。「新」，指革舊更新。「新」一作「親」，「親民」解作親近民眾。近代學者有人認為兩種解釋可互相補足，要親近民眾，才可教化民眾，幫助他們革去舊習。

4. 止：此處用作動詞，達到。

5. 至善：善的最高境界。

6. 止：此處用作名詞，指所到達的地方。

7. 定：確定的志向。

8. 靜：心不妄動。

9. 安：安定。

10. 慮：思慮周詳。

11. 得：達到理想中至善的最高境界。

唐向文說：「哦，原來是這樣，那麼這段話用今天的語言來解讀，應該是怎樣的呢？」

何巧敏說：「現在就請《小學生古文遊》的網絡主持人宋導師來指導吧。」

「歡迎來到春秋末期和宋代的儒家學堂遊覽，請看！」

今讀

人立身處世最根本的學問道理，在於彰顯自己本來已有的美善德性，再推己及人，使人人都能改掉舊有的陋習，重新做人，再進一步使人們達到善的最高境界。知道這個目標後，才會有確定的志向；有了確定的志向，才能心無雜念，平靜而不浮躁；心安理得，人才會思慮周詳；能夠思慮周詳，然後才能達到善的最高境界。世上萬物都有根本有枝末，事情都有終結有開始，知道了它們的先後次序，那就接近於事物發展的規律了。

唐向文說：「謝謝宋導師，現在我明白了。我還想知道，《大學》的主要內容是甚麼？作者又是甚麼人呢？」

小寶典

　　《大學》是《禮記》中的第四十二篇，可能是秦漢之際儒家的作品，宋代理學家朱熹則推斷是曾子所作。朱熹把《大學》和《中庸》從《禮記》中抽出，與《論語》《孟子》合稱「四書」，並著有《四書章句集注》，解釋這幾本書的義理，作為中國讀書人進德修業必先誦讀的篇章。自宋以來，「四書」成為中國科舉考試的必讀書。

　　《大學》是講究立身治世基本學問的文章，提出「明明德」「新民」「止於至善」的三綱領，和「格物」「致知」「誠意」「正心」「修身」「齊家」「治國」「平天下」等八條目，成為南宋以後理學家講論倫理、政治、哲學的基本綱領。

　　這節文字，是選自《大學》第一章中的一部分。

　　宋導師說：「以下，我給大家一些小小的提示。」

「大學之道」中的「大學」並不是指高等學府，而是指相對於「小學」（研究訓詁、句讀、技藝、記誦、古語等方面的學問）而言的「大人之學」。

朱熹曾引述他的老師程頤的話，認為《大學》是孔子留傳下來的書，為初學的人提供進修德行的門徑，可以從中認識古人做人做事的步驟，這裏所選的文字，原來是寫在全書的開篇，闡明《大學》的綱領思想。

本節文字首先說明如果想使高尚的道德得到彰顯，可循三個步驟：第一步是「明明德」，發揮自身的最高修養；第二步是「新民」，即感化他人；第三步是「止於至善」，就是每個人都發揮自己最高的道德修養，整體而言，社會全體便達到了最美善的道德境界。這裏用一組排比句來表達，氣勢恢宏。接着文中連用五句「頂真句」，指出走向目標的步驟：止→定→靜→安→慮→得，層層推進，氣勢磅礴。最後四句，指出要掌握事物先後次序的重要性，呼應前文，令這一節文字顯得結構緊密，意

思完整，而且說理簡明，語深意淺，是歷來讀書人必讀的修身章句。

小分享

1. 你有沒有自行訂立過學習的目標？其後有沒有設計循序漸進的計劃？

2. 當你放學回家，你會怎樣安排餘下的時間，試按事情的先後次序排列出來。

3. 你認為「大學之道」在今天的學習生活中應當怎麼使用呢？

古文遊準備出發！

又到了星期天，何巧敏和唐向文一大早就在公園依約見面了。

唐向文問：

「今天我們的古文遊，會出發去哪裏呢？」

何巧敏拿出《小學生古文遊》的電子書，打開了，說：

「你看看就知道了。」

唐向文應聲閱讀起來 ——

第六遊——宋代徽州

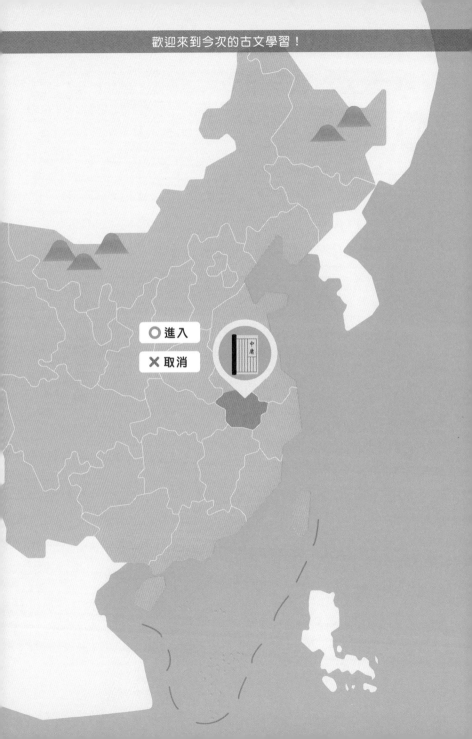

○ 進入
✗ 取消

中庸

原文

在上位不陵[1]下　《中庸》

在上位，不陵下；在下位，不援[2]上，正己[3]而不求於人，則無怨；上不怨天，下不尤[4]人，故君子居易[5]以俟命[6]，小人行險[7]以徼幸[8]。子曰：「射有似乎君子，失諸正鵠[9]，反求諸其身[10]。」

中庸

【注釋】

1. 陵：同「凌」。凌虐，欺壓。

2. 援：攀附，巴結。

3. 正己：使自己行為端正。

4. 尤：責怪，歸咎。

5. 居易：居心平正坦蕩。一說安心處於自己的位置上。本文「易」與「險」相對，「易」指心安理得，「險」指立心不良。

6. 俟命：等待天命的安排。俟：（粵）zi6（自）；（普）sì。等待。

7. 行險：行事立心不良。

8. 徼幸：即僥倖，祈求意外地獲得成功或免除不幸。
徼：粵 hiu1（囂）；普 jiǎo。

9. 失諸正鵠：沒有射中靶子。失：這裏指沒有射中。
鵠：粵 guk1（谷）；普 gǔ。箭靶子。

10. 反求諸其身：反過來從自己身上尋找原因。求：尋找。其：自己。

唐向文讀完之後，說：「這節文字，要怎樣用現在的語言解讀呢？」

何巧敏說：「現在就請《小學生古文遊》的網絡主持人宋導師來指導吧。」說着，她就按下一個電子鍵，宋導師出現在眼前。

「宋導師您好！」

何巧敏和唐向文一起說。

宋導師點頭道:「歡迎你們來到宋代的儒家學堂遊覽,請看!」

今讀

君子高居上位,不會去欺壓地位比他低的人。君子居於下位,也不會去巴結在上位的人。自己力求行為端正而不去乞求別人,這樣就沒有怨恨。上不怨天命,下不怪罪別人,所以,君子心胸坦蕩,在自己的位置上能安身立命,而小人則心懷叵測,妄求非分的利益。孔子認為射箭的道理與君子做人的道理有相似之處。如果沒有射中靶子,應該自我檢討失敗的原因,而不是歸咎於種種外在因素。

唐向文說：「謝謝宋導師，現在我完全明白了。」

何巧敏說：「宋導師，我還想向您請教，《中庸》的主要內容是甚麼？作者又是甚麼人呢？」

小寶典

　　《中庸》原是《禮記》中的一篇文章，相傳是戰國時孔子的孫子子思所作。宋代學者朱熹將它和《大學》一起從《禮記》中抽出，與《論語》《孟子》相配，合稱「四書」，成為中國讀書人的必讀書。

　　《中庸》一書，首先從自我道德修養談起，中間廣泛地談到世上萬事萬物演化的道理，最後又歸結到自我修養上來，是儒家人生哲學的名著。

　　這次所節選的文字，是《中庸》第十四章中的一部分。

唐向文和何巧敏看畢，一起說：
「原來是這樣，謝謝宋導師指教！」

宋導師說：「不用謝。你們還要繼續留意
學習，以下，我給大家一些小小的提示。」

小提示

　　這節文字表達了君子應「正己而不求於人」「反求其身」的思想。即地位高的人，不欺負地位低的人；而地位低的人，不過分地討好在地位高的人；自己身正、心正，不求人，上不抱怨老天，下不埋怨別人。就能做到胸襟開闊，安分守己。

　　這種思想直到今天對我們為人處世仍然有積極的意義。如果嚴格地要求自己，就不會通過巴結權貴來鞏固自己的地位，也不會通過欺壓弱小來顯

示自己的權威。君子有困難首先會自己尋求解決方法，而不是依賴別人；出了問題勇於自我反省，而不是怪罪別人。因此他們無論處於順境還是逆境，都能平和應付；反而小人則只會鋌而走險，心存僥倖。

文中用了幾組對偶的句子，將事理清楚地顯示在讀者面前。「在上位不陵下，在下位不援上」「上不怨天，下不尤人」「君子居易以俟命，小人行險以徼幸」，都是說明君子處世之道。文章後來引用孔子的一個關於射箭的比喻，進一步闡述「正己而不求於人」的道理。文章從各個角度，深刻而又透徹地闡述了儒家嚴於律己、自強自立的人生哲學。

我們可以看到，本段文字雖然只有短短幾句，但卻落實到做人處世的根本，文中的思想激勵着一代又一代的中國人。

小分享

1. 如果你在學校擔任風紀，看見有同學犯錯誤，你會怎樣做？為甚麼？

2. 當你做錯事或遇到挫折時，通常第一個反應是甚麼？

3. 舉一事例說明怎樣才能做到「嚴以律己，寬以待人」。

4. 試根據你自己的經驗或觀察別人的行事方式方法，談一談對「上不怨天，下不尤人」這句話的理解。

古文遊準備出發！

「關於這次我們古文遊的目的地，你有甚麼可以介紹的呢？」

唐向文在公園裏見到何巧敏，便問她。

何巧敏說：

「嗯，你很快就會知道了。」

說着，她打開《小學生古文遊》的電子書。

唐向文看着電子屏幕顯示出來的文字，讀了起來——

第七遊——西漢邊塞

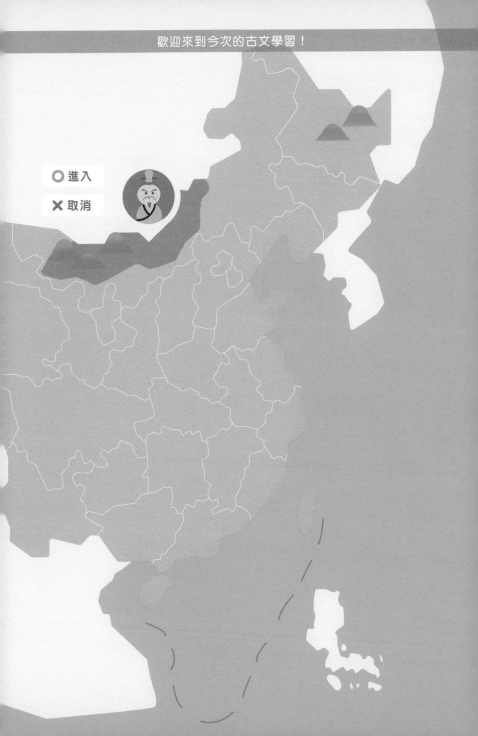

○ 進入

✕ 取消

原文

塞翁[1]失馬　《淮南子》

　　近塞上之人，有善術[2]者。馬無故亡而入胡[3]，人皆弔[4]之。其父曰：「此何遽不為福乎[5]？」居數月[6]，其馬將[7]胡駿馬[8]而歸，人皆賀之。其父曰：「此何遽不能為禍乎？」家富良馬[9]，其子好騎[10]，墮而折其髀[11]，人皆弔之。其父曰：「此何遽不為福乎？」居一年，胡人大入塞[12]，丁壯者[13]引弦[14]而戰，近塞之人，死者十九[15]。此獨以跛之故，父子相保[16]。

【注釋】

1. 塞翁：住在邊境的老人。

2. 善術：術謂方術，古代談吉凶福禍者。善指擅長，善術者就是善於推測、預卜吉凶福禍的人。

3. 馬無故亡而入胡：馬無緣無故逃到胡人那裏去了。亡：逃走。胡：古時泛稱北部和西部的少數民族。

4. 弔：慰問。

5. 此何遽不為福乎：怎知這就不會變成好事呢。遽：（粵）geoi6（巨）；（普）jù。因此。

6. 居數月：過了幾個月。居：相當於「經過」，表示相隔若干時間。與下文「居一年」的「居」同。

7. 將：（粵）zoeng1（張）；（普）jiāng。帶領。

8. 駿馬：良馬。

9. 家富良馬：家中擁有很多好馬。

10. 好騎：愛好縱馬奔馳。

11. 折其髀：把他的大腿摔斷了。折：斷。

12. 大入塞：大舉攻入邊境。

13. 丁壯者：壯健的人。

14. 引弦：拉開弓弦，引申為拿起武器。

15. 死者十九：意謂十分之九的人戰死。

16. 相保：一起保全了性命。

唐向文說：「這文章寫的似乎是和馬有關的故事哩。應該怎樣用現在的語言來解讀？」

何巧敏說：「現在就請《小學生古文遊》的網絡主持人宋導師來指導吧。」她說着按下電子鍵，宋導師出現在眼前。

「宋導師您好！」
何巧敏和唐向文一起說。

宋導師點頭道：
「歡迎你們來到西漢的邊境遊覽，請看！」

今讀

　　一位住在邊境的老人，精通術數。他的一匹馬跑到胡人的地界去了。眾人都前來表示同情與安慰，而老人卻說：「這說不定是一種福氣呢？」過了幾個月，他那匹跑失的馬，帶着塞外胡人的幾匹駿馬一同跑回來，眾人紛紛前來祝賀。可是老人這時卻說：「何以見得這不會變成壞事呢？」由於他家裏有良馬，兒子又喜歡騎馬（所以常常縱馬奔馳），一次老人的兒子不慎從馬上掉下來，摔斷了腿，眾人都上門慰問。誰知老人又說：「說不定這也是件好事呢？」事隔一年，胡人入侵，青壯年男人都應徵入伍參戰，幾乎無一生還，唯獨老人的兒子因斷了一條腿，免服兵役，父子二人也因而保全了性命。

唐向文說：「謝謝宋導師，現在我完全明白了，這個故事從馬講到福和禍的潛在原因，很有趣啊。」

何巧敏說：「宋導師，『塞翁失馬，焉知非福』這句成語，就是從這個故事來的吧？」

宋導師說：「不錯，這個成語是指一時的損失看似是壞事，但也可能會變成好事。」

唐向文說：「我還想向宋導師請教，《淮南子》是一部甚麼樣的著作，作者又是甚麼人呢？」

小寶典

　　《淮南子》是西漢時期的著作，有內、外篇共五十四篇，現在留存的有內篇二十一篇。這部著作雖然歸入雜家，但從它的內容看，是以道家思想為主。書中保留了許多先秦以來的原始資料，其中的神話傳說和寓言故事，如「女媧補天」「后羿射日」「共工怒觸不周山」等，均有很高的文學價值。

　　作者劉安（公元前 179 — 前 122 年），西漢沛（今江蘇省沛縣）人，是漢高祖劉邦的孫子，他的父親是淮南厲王。劉安聰明好學，才思敏捷，文帝時封為淮南王，武帝時因文才出眾而得寵，他招集賓客方術之士數千人，編成《淮南子》。

　　這一段文字選自《淮南子·人間訓》。

唐向文和何巧敏看畢，一起說：
「原來是這樣，謝謝宋導師指教！」

宋導師揮揮手：「不用謝。你們還要繼續留意學習，以下，我給大家一些小小的提示。」

小提示

　　這篇文章通過生動而極具戲劇性的故事，闡述了人生命運中禍與福的對立統一關係，揭示了「禍兮福所倚，福兮禍所伏」的道理。啟發人們用發展的眼光，從不同的角度去看問題，才可以身處逆境不消沉，保持樂觀的信念；或是身處順境不迷醉，保持警惕的憂患意識。

　　本文集中寫的是一位邊塞老人對生活中偶然發生的關於福與禍的事情的看法，說明任何事情都有可能向相反的方向發展，壞事能轉為好事，好事也能變成壞事，顯示出道家哲學的觀點。

　　全文由三個互相銜接的小故事組成，即由失馬而得馬，由得馬而折髀，由折髀而全命，情節的發展極富戲劇性，把禍→福、福→禍、禍→福的轉

化關係演繹得十分生動曲折。三個小故事的關鍵句「其父曰：『…此何遽……乎？』」用詞、句式基本相同，只是變換「福」「禍」二字而已。三次重複這句話，不僅突出了重點，而且使全篇層次更加分明，三個小故事之間的聯繫更加緊密。用人們「弔之」「賀之」，又「弔之」的不同反應，以普通人的一般見識，反襯出塞翁的遠見卓識。

全篇文章只有一百多字，然而峯迴路轉，情節曲折；透過具體淺顯的故事，說明好事和壞事會互相轉化，往往不能憑表象或根據一時一刻來判斷。

這個故事在民間流傳了千百年。它告訴我們，無論遇到福還是禍，要調整自己的心態，要超越時間和空間去觀察問題，要考慮到事物有可能出現的極端變化。這樣，無論福事變禍事，還是禍事變福事，都有足夠的心理承受能力。

小分享

1. 當處於順境時候，有些人會「得意忘形」；當處於逆境的時候，有些人會垂頭喪氣，怨天尤人，你認為這樣是不是好的？為甚麼？

2. 從這個故事中，你領會到甚麼道理？生活中有沒有相似的例子？和同學們交流一下。

3. 試用「塞翁失馬，焉知非福」這句成語寫一段話或造一個句子。

4. 設想一下，如果你見到塞翁，會向他請教甚麼人生的智慧？

5. 用一個生活中的例子，說明壞事也能變好事的道理。（比如水能載舟，亦能覆舟，水庫蓄水的作用⋯⋯等等）

古文遊準備出發！

一個星期之後，何巧敏和唐向文又依約見面了。

「這一次我們的古文遊，要往哪裏出發呢？」

唐向文問。

何巧敏拿出電子書，打開了，說：

「你看看這一篇文章吧。」

唐向文全神貫注地看着上面顯示的文字，讀了起來——

第八遊──戰國時期的鄒國

○ 進入

✕ 取消

原文

孟母戒子　《韓詩外傳》

　　孟子少時誦[1]，其母方[2]織，孟子輟然[3]中止，乃復進[4]，其母知其諠[5]也，呼而問之曰：「何為[6]中止？」對曰：「有所失[7]復得。」其母引[8]刀裂其織[9]，以此誡之，自是以後，孟子不復諠矣。

【注釋】

1. 誦：唸書，背書。

2. 方：正在。

3. 輟然：停下來。輟：⟨粵⟩ zyut3（啜）；⟨普⟩ chuò。

4. 進：進行，這裏指繼續讀書。

5. 諠：⟨粵⟩ hyun1（圈）；⟨普⟩ xuān。同「諼」字，意為遺忘。

6. 何為：為甚麼。

7. 失：忘記。

8. 引：拿起。

9. 裂其織：割斷她正在織的布。

唐向文讀完之後，說：「這是關於孟子的故事吧，應該怎樣用現在的語言解讀呢？」

何巧敏說：「我們現在就請《小學生古文遊》的網絡主持人宋導師來指導吧。」

「宋導師您好！」
何巧敏和唐向文一起說。

宋導師點頭道：「歡迎你們來到春秋戰國時代的鄒國遊覽，請看！」

今讀

　　孟子小時候唸書不太專心。有一天，他在背書，母親在一旁織布。孟子突然停止背誦，過了一會兒才繼續下去。母親知道他忘記了篇中的內容，大聲問他為甚麼停下來不背書，孟子說自己剛忘記了，後來才又想起來。母親聽見孟子這樣說，立刻拿起刀來，割斷她正在織的布，作為對孟子的警誡。從此以後，孟子再也不敢在讀書時不集中精神了。

　　何巧敏說：「宋導師，我還想向您請教，寫這篇文章的韓嬰是甚麼人呢？他有些甚麼主要的作品？」

小寶典

　　韓嬰（生卒不詳），燕（今天河北一帶）人，西漢時的學者。漢初傳授《詩經》的有魯、齊、韓、毛四家，韓嬰就是韓詩一派的創立者。文帝時他被立為博士，景帝時為常山王劉舜太傅。武帝時，韓嬰曾與漢代另一著名學者董仲舒殿前論辯，董仲舒也難不倒他，可見他很有學問。

　　韓嬰主要著作有《韓詩外傳》，但這並不是闡釋《詩經》的書，而是先講一個故事，然後徵引《詩經》中的句子為證。書中往往用生動的故事，來評論社會風氣和政治得失，使人無形中受到熏陶，從而培養高尚的情操，開拓廣闊的視野。

　　這一節文字，選自《韓詩外傳》卷九。

　　唐向文和何巧敏看畢，一起說：
「原來是這樣，謝謝宋導師指教！」

宋導師說：「不用謝，以下，我給大家一些小小的提示。」

小提示

　　韓嬰寫的這篇文章，描述了孟子在童年時期背誦課文時的事情。

　　孟子，名軻，戰國時期鄒國（今山東鄒城市）人。是中國史上偉大的思想家、教育家，儒家學派的代表人物。

　　這節文字只用短短幾句話，就生動傳神地刻畫了一位嚴母的形象。孟母在兒子不能專心學習的時候，她不是加以訓斥責備，而是先問明原委後，再用生活中的實例來進行啟迪誘導：一匹布的織成，需要一絲一縷、點點滴滴地累積，一旦半途而廢，必然前功盡棄。比起直接說教，這一寓教於喻的方法，效果顯然要強烈得多。同時，文中孟子既有同

齡小孩的不專心的毛病，又具有很強的悟性。在領悟了母親的意圖之後，知錯能改，專心讀書，長大後終於成為一個學識淵博的思想家。

　　孟母教子是我國古代著名的家庭教育故事。宋代以來廣泛流傳的兒童讀物《三字經》，就講到孟母「子不學，斷機杼（zhù）」，激勵和啟迪了一代又一代的中國兒童。通過這篇學習文章，使我們懂得無論做任何事情都不能半途而廢。作為子女，更應該理解我們的父母，面對他們的諄諄教誨，一定要仔細聆聽，因為他們為我們所做的一切，出發點都是為了我們好學向上，我們不能辜負他們的良苦心意。

小分享

1. 試想想看，專心做的功課和心情散漫下做的功課，哪一種情況下做的比較好？比較節省時間？談談你的看法。

2. 舉出一個生活中的實例，向同學說明做任何事都要「持之以恒」的道理。

3. 如果你處在父母的立場上，怎樣對待孩子的學業？

4. 如果你在玩電子遊戲機的時候，被爸爸或媽媽制止，督促你要善用時間，溫習功課，你會有甚麼感覺和反應？為甚麼？

5. 對比一下童年孟子和你自己的學習態度有甚麼不同之處？有些甚麼需要改進的地方？

古文遊準備出發！

這個星期天上午，何巧敏和唐向文在「老地方」依約見面，要出發去「古文遊」。

「我們這次的目的地是去哪裏呢？快拿出你的《小學生古文遊》電子書來看看吧。」

唐向文催促道。

何巧敏笑着拿出電子書，打開了，說：

「你別急，好好讀吧。」

於是，唐向文看着電子屏幕顯示出來的文字，讀了起來──

第九遊——西漢夏陽

○ 進入

✕ 取消

原文

一鳴驚人　《史記》

　　齊威王[1]之時喜隱[2]，好為淫[3]樂長夜之飲，沉湎不治[4]，委政卿大夫[5]。百官荒亂[6]，諸侯並侵[7]，國且危亡，在於旦暮，左右莫敢諫[8]。淳于髡[9]說[10]之以隱曰：「國中有大鳥，止王之庭，三年不蜚[11]又不鳴，不知此鳥何也？」王曰：「此鳥不飛則已，一飛沖天；不鳴則已，一鳴驚人。」於是乃朝[12]諸縣令長七十二人，賞一人，誅[13]一人，奮兵而出。諸侯振[14]驚，皆還齊侵地[15]。威行三十六年。

【注釋】

1. 齊威王：戰國時齊國國君。

2. 喜隱：喜好隱語。隱語是指不直述本意而用其他言辭暗示的話，類似於猜謎。

3. 淫：過分，無節制。

4. 沉湎不治：沉迷於酒色，不理朝政。湎：粵 min5（免）；普 miǎn。沉迷、貪戀。

5. 委政卿大夫：把國家政事交給各級官員。

6. 百官荒亂：文武官員荒廢政務，國家一片混亂。

7. 諸侯並侵：各諸侯國一起來侵略齊國。

8. 諫：規勸君主尊長或朋友使他改正錯誤或過失。

9. 淳于髡：戰國時齊人，善作隱語。淳：粵 seon4（純）；普 chún。髡：粵 kwan1（坤）；普 kūn。

10. 說：粵 seoi3（稅）；普 shuì。勸說。

11. 蜚：粵 fei1（飛）；普 fēi。通「飛」。

12. 朝：粵 ciu4（潮）；普 cháo。使……來朝拜。

13. 誅：殺。

14. 振：通「震」，震動。

15. 侵地：被侵略的土地。

唐向文讀完這段古文之後，問：「這故事應該怎樣用現代語言解讀呢？」

　　何巧敏說：「我們現在就請《小學生古文遊》的網絡主持人宋導師來指導吧。」她按下電子鍵，宋導師出現在眼前。

「宋導師您好！」
何巧敏和唐向文一起說。

　　宋導師點頭道：「歡迎你們來瞭解《史記》中的這個故事，請看！」

戰國時期的齊威王，喜歡猜謎，又仗着齊國國力強盛，一天到晚飲酒作樂，對國事不聞不問，全都推給大臣去辦。於是文武百官荒唐混亂，其他各國趁機出兵攻打齊國，奪去了不少城池和土地，齊國有着亡國的危險了。可是，齊威王身邊的人都很怕他，誰也不敢進言奉勸。有一位叫做淳于髡的人，足智多謀、能說善道，為人非常風趣。他給齊威王講了一個謎語：「我國有一隻大鳥，棲息在大王的宮廷裏，已經有好幾年了，但是牠不飛也不叫，大王知道這是甚麼鳥嗎？」聰明的齊威王立刻醒悟，明白淳于髡所說的大鳥就是指他。於是他回答：「這隻大鳥不飛也就罷了，一展翅高飛，就可以衝破青天，直上雲霄；不叫也就罷了，一鳴叫就會驚動世人。」於是齊威王從此振作起來，整頓朝政，召見各縣長官七十二人，獎賞一人，處死一人，又出兵還擊

侵犯齊國的敵人。各國對齊國的反擊，都大為震驚，紛紛將侵佔的土地還給齊國。此後，齊威王平安地治理國家長達三十六年。

唐向文說：「我明白了，這個故事講的是齊威王治國的歷史，很有意思啊。」

何巧敏說：「宋導師，『不鳴則已，一鳴驚人』這句成語，就是從這個故事來的吧？」

宋導師說：「不錯，後來人們就是用這個成語來形容平日不見表現突出的人，一旦下定決心，竟然會做出驚人的成績，令人刮目相看。」

　　唐向文說：「我還想向宋導師請教，這篇文章的作者司馬遷是個甚麼樣的人，他寫的《史記》是一部甚麼樣的作品呢？」

小寶典

　　司馬遷（公元前145年一？），字子長，夏陽（今陝西省韓城縣）人，中國古代偉大的歷史學家。司馬遷博覽羣書，在太初元年（公元前104年）開始着手編撰《史記》。天漢二年（公元前99年）他替投降匈奴的李陵辯護，觸怒漢武帝下獄，被處宮刑。司馬遷出獄後，忍辱含垢，發憤著述，最後在征和初年（公元前92年）基本完成這部巨

著，不久便去世。

　　《史記》是我國第一部紀傳體通史。書中記載上自傳說中的黃帝，下至漢武帝時代三千多年的歷史。全書共五十二萬餘字，一百三十篇，內分本紀十二篇、表十篇、書八篇、世家三十篇、列傳七十篇，各體有機地配合，構成這部宏偉的歷史著作。

　　本文選自司馬遷《史記・滑稽列傳》。《滑稽列傳》主要記載一些古時的人臣以詼諧或諷刺的方式對君主的進言。

　　唐向文和何巧敏看畢，一起說：
「原來是這樣，謝謝宋導師指教！」

　　宋導師揮揮手：「以下，我再給大家一些小小的提示吧。」

這段文字雖然是史實的記載，但情節敍述具有豐富的戲劇性，刻畫的人物形象也十分鮮明，令人讀來很有趣味。

在這篇文章中，文字描述的內容緊湊，節奏明快。從一開始國事危急，到齊威王聞言猛省，最後重振國威，一波三折，扣人心弦。淳于髡說的隱喻故事，在整件事上起了關鍵性的作用。齊威王受到淳于髡的啟發，豁然醒悟，用「一鳴驚人」的回答表明了自己的態度，之後他不再沉迷於飲酒作樂，開始嚴肅地整頓國政，他下令召見全國的官吏，盡忠職守的予以獎勵，腐敗無能的加以懲罰，全國上下，馬上都振作起來，充滿了復興的朝氣。同時他又整頓軍事，使齊國武力強大。各國諸侯聽到這消息都很震驚，不但不敢再來侵犯，甚至把原先侵佔的土地，都歸還了齊國。後來的歷史事實也證明，齊威王的這一番作為，就真的是「一鳴驚人」了。因此，後來的人會用從這個故事中引申出來的「一鳴驚人」這句成語，比喻一個人如果有不平凡的才

能，只要能好好的運用，一旦發揮出來，往往會有驚人的作為。

小分享

1. 你認為齊威王的這個故事，還能與甚麼成語相匹配呢？

2. 你覺得委婉地去勸導別人時，有甚麼應當注意的地方呢？

3. 你認為常常陪伴你玩樂的朋友好，還是設法勸誡你向善的朋友好？為甚麼？

4. 試用你所知道的人物故事，談談「一鳴驚人」的成語含義。

古文遊準備出發！

一個星期之後，何巧敏和唐向文又依約見面了。

「這一次我們的古文遊，要向哪裏出發呢？」

唐向文問。

何巧敏拿出電子書，打開了，說：

「你看看這一篇文章吧。」

唐向文全神貫注地看着上面顯示的文字，讀了起來——

第十遊——春秋時代的楚國

○ 進入
✕ 取消

孫叔敖 [1] 埋兩頭蛇 [2] 《論衡》

　　孫叔敖為兒 [3] 之時，見兩頭蛇，殺而埋之。歸對其母泣，母問其故，對曰：「我聞見兩頭蛇死 [4]；向者 [5] 出 [6] 見兩頭蛇，恐去母死 [7]，是以泣也。」其母曰：「今蛇何在？」對曰：「我恐後人 [8] 見之，即殺而埋之。」其母曰：「吾聞有陰德 [9] 者，天必報 [10] 之，汝必不死，天必報汝。」叔敖竟不死，遂為楚相。

【注釋】

1. **孫叔敖**：春秋時楚國人，楚莊王時任百官首長的令尹（相當于丞相）。敖：⬤ ngou4（熬）；⬤ áo。

2. **兩頭蛇**：生活在中國中南部的一種無毒蛇。尾部圓鈍，有與頸部相同的黃色斑紋，驟看頗似頭部，且有與頭部相同的活動習性，故稱兩頭蛇。

3. **兒**：此處指小孩子。

4. **見兩頭蛇死**：看見兩頭蛇的人會死掉。

5. **向者**：指過去了的時間，之前。

6. **出**：外出。

7. **恐去母死**：恐怕會死去，離開母親。去：離開。

8. **後人**：後來經過的人。

9. **陰德**：暗中為別人做了好事的行為。

10. **報**：回報。

唐向文讀完這段古文之後，問：「應該怎樣用現在的語言解讀這個故事呢？」

何巧敏說：「我們現在就請《小學生古文遊》的網絡主持人宋導師來指導吧。」說着，她就按下一個電子鍵，宋導師出現在眼前。

「宋導師您好！」
何巧敏和唐向文一起說。

宋導師點頭道：「歡迎你們來到春秋時代的楚國遊覽，請看！」

今讀

孫叔敖小時候，一次在外遊玩，看見一條兩頭蛇，立刻把牠殺死並埋掉了。回到家裏，他一看見母親便哭起來。母親問他甚麼緣故，他說：「我剛才在外面玩耍，看見了一條兩頭蛇。聽人說過看見兩頭蛇的人會死掉，我怕自己很快會死去，離開母親，所以才哭起來。」母親問孫叔敖那條兩頭蛇在哪裏，他說：「我怕之後還有其他人看見這條蛇而遭遇不幸，已把蛇殺死並埋掉了。」母親於是安慰他說：「我聽說暗地裏做了好事的人，上天必然會報答他的。你一定不會就此死去，上天一定會給你回報的。」孫叔敖果然沒有死掉，後來還擔任楚國令尹。

唐向文說:「謝謝宋導師,現在我完全明白了,這個故事的主人公孫叔敖,心腸真好啊。」

何巧敏說:「是的。宋導師,我還想向您請教,這篇文章的作者王充是個甚麼樣的人,他寫的《論衡》是一部甚麼樣的作品呢?」

小寶典

王充(公元 27 — 97?年),字仲任,會稽上虞(今屬浙江省)人。是東漢的哲學家,他批判「天人感應」論和讖緯迷信;著有《論衡》八十五篇,二十餘萬字,論述哲學、政治、宗教、文化等各方面的問題。王充提倡通俗易懂的文風,注重文章的實用價值,強調內容和形式的統一。

這篇文章是選自《論衡》卷六《福虛篇》。

唐向文和何巧敏看畢，一起說：
「原來是這樣，謝謝宋導師指教！」

　　宋導師揮揮手：「不用謝。你們還要繼續
留意學習，以下，我給大家一些小小的提示
吧。」

小
提
示

　　這個故事的對話不但推動情節發展，也體現了
人物性格與內心活動，年幼的孫叔敖在殺蛇時儘管
毫不猶豫，但內心卻天真地相信傳聞而極為害怕。
「歸對其母泣」這一細節，表現了他作為兒童的純真
幼稚心理。殺蛇使兩頭蛇不再害別人，描寫了他性
格中為人設想，大仁大德的一面。深刻地表現出幼
年孫叔敖的純良本性。

　　文中對孫叔敖和母親之間的親子關係，也有感

人的描寫。孫叔敖哭泣的原因，除了對死亡的恐懼外，還有對母親的依戀，可見他們母子之間的感情是多麼親密。母親了解兒子處理兩頭蛇的方法及他的憂慮後，她用一位慈母的愛心和智慧，巧妙地向他解釋上天必會報答有陰德的人，這既化解了兒子心中的恐慌，又保護了他純潔無邪的童心中善良仁慈的美德。

文中孫叔敖母子二人的形象，對於我們今天的親子教育，仍有一定的積極意義。因為無論社會如何發展，「仁德」仍然是一個人最重要的品質。

小分享

1. 在學校生活和社區生活中，你有沒有暗地裏為師生街坊做過好事呢？

2. 你認為孫叔敖是個怎樣的孩子？他值得你學習些甚麼呢？

3. 如果要為本地的居民做有利於公德的行為，可以有哪些途徑？請你舉出三個例子。

4. 身為小學生，可用甚麼方法服務社會？試加以說明。

古文遊準備出發！

又到了星期天上午，何巧敏和唐向文在公園見面。

「這一次我們的古文遊，要去哪裏呢？」

唐向文問。

何巧敏拿出電子書打開，說：

「你看看這一篇文章吧。」

唐向文全神貫注地看着上面顯示的文字，讀了起來——

第十一遊——漢代東海郡

○ 進入

✕ 取消

西京雜記

原文

鑿壁借光　《西京雜記》

　　匡衡[1]，字稚圭，勤學而無燭。鄰舍有燭而不逮[2]，衡乃穿壁[3]引其光，以書映光而讀之。邑人大姓[4]文不識，家富多書，衡乃與其傭作[5]而不求償[6]。主人怪[7]，問衡，衡曰：「願得主人書遍讀之。」主人感歎，資給[8]以書，遂成大學[9]。

【注釋】

1. 匡衡：漢代東海人，字稚圭（圭：⑧ gwai1（歸）；⑪ guī），家貧，曾作傭人，後來成為經學家，長於解說《詩經》，漢元帝時曾任丞相。

2. 逮：⑧ dai6（弟）；⑪ dài。到。

3. 穿壁：在牆壁上鑿了一個小洞。

4. 邑人大姓：家鄉中的大戶人家。

5. 與其傭作：給人家做傭工。

6. 不求償：不要工錢。

7. 怪：覺得奇怪。

8. 資給：供給，提供，資助。資：工資。資給以書：以容許他閱讀書籍作為工資。

9. 大學：學問淵博的人。

　　唐向文讀完之後，說：「應該怎樣用現在的語言解讀這段古文呢？」

　　何巧敏說：「我們現在就請《小學生古文遊》的網絡主持人宋導師來指導吧。」說着她按下一個電子鍵，宋導師出現在眼前。

　　宋導師點頭道：「歡迎你們來到漢代的東海郡遊覽，請看！」

今讀

　　漢代大學問家匡衡，年輕時家境貧寒，他愛讀書，卻沒有錢買蠟燭照明。於是匡衡就在牆壁上鑿了一個洞，借鄰家的燭光在晚上看書。他的家鄉有一大戶人家，主人名叫文不識，家裏藏書豐富，匡衡就去給他家做工，不要工錢。主人覺得奇怪，就詢問原因，匡衡說只求主人讓他讀他家的藏書作報酬。主人被匡衡的求學精神所感動，就把書借給他看。匡衡最後終於學有所成。

　　唐向文說：「謝謝宋導師，匡衡真是勤奮好學，身處逆境也不自棄啊。」

何巧敏說：「就是呀！宋導師，我還想向您請教，《西京雜記》是一本甚麼樣的書？撰寫它的作者又是甚麼人呢？」

🗄
小寶典

《西京雜記》的「西京」，是指西漢首都長安。這一本書的內容，大都是記載西漢時期的遺聞軼事，也間雜有一些怪誕的傳說奇聞，豐富多彩，包括許多民間廣為流傳的故事，比如王昭君不肯賄賂畫工以致遠嫁匈奴，卓文君作《白頭吟》等等故事，也是源出於此書。

至於《西京雜記》的作者，一說是漢代的劉歆，一說是晉代葛洪，作者的真實身份，至今依然未能確定。

唐向文和何巧敏看畢，一起說：
「原來是這樣，謝謝宋導師指教！」

宋導師揮手說：「不用謝。以下，我給大家一些小小的提示吧。」

小提示

匡衡讀書的勵志故事，千百年來，鼓舞了不少家境貧困的年輕人堅定志向，奮發圖強，走上求學之路。

本文將鑿壁偷光、傭工讀書兩個故事濃縮在一小段文字之內，語言十分精簡。第一節故事只用了幾句話便交代清楚，首先直接說明匡衡「勤學而無燭」，然後因「鄰舍有燭」，所以「穿壁引光」，以求達到映光讀書的目的，敍事條理清晰，層次分明。第二節故事講的是匡衡到大戶人家要求作傭工，以換取讀書的機會，故事通過側面的描寫，讀者可以想像匡衡提出要求的態度是多麼誠懇，才能感動了主人。

這個古人勤學的經典故事，以生動的實例告訴人們：只要心堅意誠，不畏艱難，便會克服一切障礙，達到自己的理想。

小分享

1. 試想一下，如果身處逆境，你會怎樣創造條件，專注求學呢？

2. 把你現在學習的環境，和匡衡讀書的環境比較一下，兩者有甚麼分別？你有甚麼感受呢？

3. 如果有同學的家庭環境欠理想，要找學習的資源時，你知不知道有甚麼途徑可以幫助他們？和大家交流一下。

4. 查看一些出身貧困家庭的學者和專家的事迹，談談你對他們的看法。

5. 試想一下，如果你到海外留學，但經費不足，你會不會堅持求學？怎樣堅持？和同學、師長互相交流想法和經驗。

古文遊準備出發!

又一個星期天到了。

何巧敏和唐向文大清早就在公園裏見面。

「我們的《小學生古文遊》,今天要往哪裏出發呢?」

唐向文問。

何巧敏拿出電子書,打開了,說:

「你看看這一篇文章吧。」

唐向文全神貫注地看着上面顯示的文字,讀了起來——

第十二遊——東晉會稽

〇 進入

✕ 取消

原文

蘭亭 [1] 集序（節錄）　王羲之

　　永和九年，歲在癸丑 [2]，暮春 [3] 之初，會於會稽 [4] 山陰 [5] 之蘭亭，修禊事 [6] 也。羣賢 [7] 畢 [8] 至，少長咸集。此地有崇山峻嶺，茂林修 [9] 竹；又有清流激湍 [10]，映帶左右 [11]。引以為流觴曲水 [12]，列坐其次 [13]；雖無絲竹管絃 [14] 之盛，一觴一詠 [15]，亦足以暢敍幽情 [16]。

　　是日也，天朗氣清，惠風 [17] 和暢。仰觀宇宙之大，俯察品類 [18] 之盛，所以遊目 [19] 騁懷 [20]，足以極 [21] 視聽之娛 [22]，信 [23] 可樂也！

【注釋】

1. 蘭亭：紹興西南二十七里有蘭渚，渚中有亭名蘭亭。

2. 癸丑：古人以天干地支紀年，東晉永和九年，對應的是癸丑年。

3. 暮春：晚春，指農曆三月。

4. 會稽：晉郡名，轄區相當於今浙江省東部紹興一帶地方。會：🈹 kui2（潰）；🈹 kuài。

5. 山陰：縣名，會稽郡的治所，即今浙江省紹興市。

6. 禊事：亦稱祓禊，是古代的一種風俗。在農曆三月上旬的巳日（後固定為初三日），人們到水邊遊玩，臨水洗濯，以消除不祥。後來此風漸衰，但文人仍常在這天登山臨水，飲酒賦詩，舉行雅集。禊：🈹 hai6（系）；🈹 xì。

7. 羣賢：指當天參與集會的人。

8. 畢：全部，和下句的「咸」同義。這是「互文」，成對地使用同義詞，目的是避免字的重複，多見於韻文。

9. 修：高，長。

10. 激湍：水花四濺的急流。湍：🈹 teon1（盾一聲）；🈹 tuān。急流的水。

11. 映帶左右：在蘭亭的周圍，各種景色交相輝映。映帶：景物互相映襯，彼此關連。

12. 引以為流觴曲水：把圍繞蘭亭的水流，引來作為舉行「流觴」之用，參加的人分散在水流兩側，把盛了酒的杯子放在水流的上游，任其隨波而下，停在誰的旁邊，誰就取飲。

曲水：環曲的水渠。觴：🈹 soeng1（傷）；🈹 shāng。酒杯。

13. 次：旁邊，指水邊。

14. 絲竹管絃：簫笛琴瑟一類樂器的總稱，引申作彈奏音樂的意思。

15. 一觴一詠：一杯酒，一首詩。引申為飲酒賦詩的意思。

16. 幽情：深藏的感情，發自內心深處的感情。

17. 惠風：溫和的風，指春風。

18. 品類：指萬物。

19. 遊目：隨意觀賞眺望。

20. 騁懷：開暢胸懷。

21. 極：窮盡，這裏是盡情享受的意思。

22. 視聽之娛：視覺和聽覺上的享受。

23. 信：確實。

唐向文讀完之後，問：「王羲之不是非常有名的書法家嗎？這段文字是他寫的呀？」

何巧敏說：「正是。」

唐向文又問：「那麼這段古文，應該怎樣解讀呢？」

何巧敏說：「我們現在就請《小學生古文遊》的網絡主持人宋導師來指導吧。」說着，宋導師就出現在眼前。

「宋導師您好！」
何巧敏和唐向文一起說。

宋導師點頭道：「歡迎你們來到東晉的會稽蘭亭遊覽，請看！」

今讀

永和九年，即癸丑年，三月上旬，剛好進入暮春的時節，按照習俗，一羣名士，在會稽郡山陰縣的蘭亭聚會，舉行祓禊的活動。當日，許多名士都來了，年輕的和年長的齊集一起，好不熱鬧。這裏有高峻的山嶺、茂密的樹林、修長的翠竹，還有清澈的激流，水光山色，互相映襯，圍繞在蘭亭的左右；人們把水流引成環曲的小渠，正好用來作「流觴曲水」的活動。大家在溪水旁邊依次就坐，雖然沒有簫笛琴瑟演奏的盛況，但邊飲酒邊吟詩，也足以酣暢地抒發幽雅的情懷了。

這一天，天朗氣清，和風輕送，令人感到溫暖舒適。此時此刻，抬頭可以看見廣闊的天地，低頭可看見繁茂的萬物。大家放開眼界，舒暢胸懷，視覺和聽覺都得到最美妙的享受，真是令人快樂無比。

唐向文說：「謝謝宋導師，沒想到王羲之這一位大書法家，不僅字得漂亮，文章也寫得十分精彩呢。」

何巧敏說：「是啊！宋導師，我想知道更多王羲之的生平事蹟，他有甚麼代表作呢？」

小寶典

　　王羲之（公元321—379年），字逸少，琅琊臨沂（今山東省臨沂縣）人，東晉著名的書法家。他出身世家大族，胸懷曠達，素性淡遠，厭棄繁華生活；因為喜愛浙東山水，定居會稽山陰（今浙江省紹興縣）。後曾任會稽內史，領右軍將軍，所以世稱「王右軍」。

　　王羲之的書法，吸取各家各派的長處，然後再推陳出新，一改漢魏以來質樸的書風，創出優美流麗的新體，自成一家。他特別擅長楷書、行草，字

勢雄強多變化，為歷代學習書法的人的楷模，影響深遠，有「書聖」之稱。他的書法風格平和自然，筆勢含蓄，氣派健秀。他的代表作正是《蘭亭序》，被譽為「天下第一行書」。在書法史上，他和他的兒子王獻之被合稱為「二王」。

另外，王羲之的文章也寫得很好，具有一種高雅從容的風格。他寫的書簡雜帖，或議論時政，或抒發志向，隨意揮寫，自然有致，非常可觀。尤其是他寫的《蘭亭集序》，文采清麗，語言質樸，感受真切，他曾親自手寫數本，被不少後人摹寫行書法帖，流傳於世，所以這篇文章對後世散文、書法都有很大的影響。這裏所節選的《蘭亭集序》，是文章開頭的部分。

唐向文和何巧敏看畢，一起說：
「原來是這樣，謝謝宋導師指教！」

宋導師揮揮手：「不用謝。你們還要繼續留意學習，以下，我給大家一些小小的提示吧。」

小提示

　　這一節文字用清新優美的筆調，形象地描繪了蘭亭集會的盛況和遊樂的情趣。

　　晉穆帝永和九年（公元 353 年）上巳日（農曆三月三日），王羲之與當時名士孫統、孫綽、謝安、支遁等四十一人在會稽郡的蘭亭，舉行了一次大規模的文人集會。與會者臨流賦詩，各抒懷抱。為了紀念這次難逢的盛會，這些詩都被彙集起來，並由王羲之寫下了這篇著名的序文，對聚會情況作了生動的描繪，並抒發了自己的感想。《蘭亭詩》現存三十七首，作者二十一人。

　　《蘭亭集序》這一開始的部分，首先是敍述了集會的時間、地點、緣由和人物。

　　文章從「山水林竹之勝」「流觴賦詩之趣」「良辰美景之樂」三個方面寫盛會的難得。又以白描手

法勾勒了會稽山的春色，如「崇山峻嶺」「茂林修竹」「清流激湍」等，着色輕淡，不加雕飾，令人倍感清新。他寫天氣，如「天朗氣清」「惠風和暢」，用詞淺白，直抒情懷，讀了使人但覺和風輕拂，心曠神怡。在這種環境之下與文友飲酒賦詩，歡欣的情景可想而知。

另外，在這一篇文章中，有參差不齊的句子，交錯使用了一些四言句，令人讀來節奏明朗，音樂感強，使文章既顯得明快暢亮，又不致過於急促，保持了從容的態度，自有一種自然瀟灑的韻致。

小分享

1. 你喜歡學校的旅行日嗎？為甚麼？

2. 你喜歡一家人去旅行嗎？為甚麼？

3. 人們一般在郊外旅行時會進行些甚麼活動？你覺得這些活動有意義嗎？為甚麼？

4. 你和家人會選擇到哪裏春遊？在旅行時，你們會進行甚麼活動？

5. 試數數春天有甚麼節日？這些節日有甚麼流傳至今的習俗（如：食物、活動）？

6. 你喜歡傳統的節令習俗嗎？為甚麼？談談你對春天的感覺。

7. 用文字、繪畫記述你認為最好玩、最有意義的一次郊遊活動。

8. 練習寫毛筆字書法，可參照一些書法帖作品，並且請老師或家長作指導。

附 錄

三人成虎
《戰國策》‧戰國

遊覽地點

魏國：魏國是中國戰國時期的諸侯國，屬「戰國七雄」之一。它的領土約包括現時山西南部、河南北部和陝西、河北的部分地區。公元前 339 年魏侯罃（即後來的魏惠王）從安邑遷都大梁（今河南開封）。

今日名勝

　　開封迄今已有 4100 餘年的建城史和建都史，先後有夏朝，戰國時的魏國，五代時期的後梁、後晉、後漢、後周及北宋相繼在此定都，北宋稱此為東京開封府。今天在城內，還有開封鐵塔、大相國寺等歷史古跡。

鷸蚌相爭
《戰國策》‧戰國

遊覽地點

趙國：「戰國七雄」之一，大約位於今天河北、山西、陝西東北一帶。

鄒忌諷齊王納諫（節錄）
《戰國策》‧戰國

遊覽地點

齊國：「戰國七雄」之一，領土在今天山東大部，河北東南與河南東北。

苛政猛於虎
《禮記》·春秋

遊覽地點

魯國泰山

今日名勝

　　泰山是中國五嶽之首，古名岱山，又稱岱宗，位於今天山東省中部，泰安市境內，海拔 1532.7 米。泰山經常是古代皇帝設壇祭祀祈求國泰民安和舉行封禪大典之地，亦是文人墨客喜愛遊覽的名勝，留下了許多人文遺產。1987 年，泰山獲聯合國教科文組織公布為世界文化與自然雙重遺產，是世界上為數不多的雙遺產之一。

大學之道
《大學》·戰國

遊覽地點

魯國

在上位不陵下
《中庸》·戰國

遊覽地點

徽州：《中庸》相傳為戰國時孔子之孫子思所作，由宋代朱熹加以修訂注釋。朱熹家鄉在徽州，即今天安徽、江西一帶。

今日名勝

　　徽州一府六縣，旅遊資源豐富，黃山，歙縣徽州古城，都是值得一看的名勝古蹟。

塞翁失馬
《淮南子》・西漢

遊覽地點

西漢邊境地區：故事中塞翁的家與匈奴的領地很近，因此他應當居住在西漢北方的邊境上。漢疆域最鼎盛時期，版圖北至五原郡、朔方郡，即今天內蒙古包頭及巴彥淖爾一帶。

一鳴驚人
《史記》・戰國

遊覽地點

夏陽：今陝西省韓城縣。

今日名勝

夏陽是司馬遷的故鄉，當地有司馬遷墓和祠堂。相傳大禹在此開河積石，韓城又有「龍門」之稱。

孟母戒子
《韓詩外傳》・戰國

今日名勝

山東鄒城是孟子出生地，現有祭祀孟子的孟廟和孟府、孟林，統稱「三孟」。

孫叔敖埋兩頭蛇
《論衡》・戰國

遊覽地點

楚國：「戰國七雄」之一，範圍大致在今天的湖北、湖南、安徽一帶。

　　孫叔敖是郢都人。郢都即今天湖北荊州的紀南古城。荊州名勝還有關帝廟，張居正故居等。

鑿壁借光
《西京雜記》·漢朝

遊覽地點

東海郡：東海郡是秦漢時期設立的郡縣名稱。漢代的東海郡，其範圍大致在今天山東省臨沂市大部、江蘇省連雲港市全境，以及徐州市東部一帶。匡衡的家鄉，在東海郡下屬的承縣，即今天山東省蘭陵縣西南、棗莊一帶。

蘭亭集序（節錄）
《蘭亭集序》·東晉

遊覽地點

會稽：會稽郡從秦代建制，範圍大致包括當年春秋戰國時期的吳越兩國。到了晉代，會稽大致管轄今天浙江省紹興、寧波一帶。

今日名勝

　　王羲之等人集會吟詩的蘭亭，在今天的浙江紹興市。除了蘭亭古蹟，紹興還有禹王台，魯迅故里等名勝。

小學生古文遊 ②

周蜜蜜　編著

責任編輯：楊歌
裝幀設計：小草
排　版：沈崇熙
印　務：劉漢舉

出版 / 中華教育

香港北角英皇道 499 號北角工業大廈 1 樓 B
電話：(852) 2137 2338　傳真：(852) 2713 8202
電子郵件：info@chunghwabook.com.hk
網址：http://www.chunghwabook.com.hk

發行 / 香港聯合書刊物流有限公司

香港新界大埔汀麗路 36 號 中華商務印刷大廈 3 字樓
電話：(852) 2150 2100　傳真：(852) 2407 3062
電子郵件：info@suplogistics.com.hk

印刷 / 美雅印刷製本有限公司

香港觀塘榮業街 6 號海濱工業大廈 4 字樓 A 室

版次 / 2018 年 9 月第 1 版第 1 次印刷
©2018 中華教育

規格 / 32 開 (195mm x 140mm)
ISBN / 978-988-8513-12-3